—Oba! Vovô saiu para comprar jornal; vou brincar com o relógio dele e ele nem vai saber...
—Ooooo!

—Oh, não! O relógio do vovô quebrou! Ele vai ficar uma fera comigo... Preciso dar um jeito nisso!

—Ei, Montanha! O que você fez com o meu relógio? Já para fora! Vai ficar de castigo!

—Errr... Vovô... glup... não fique bravo com o Montanha... errr... fui eu quem quebrou o relógio!
—Hã? E o que o relógio está fazendo do lado da caminha do Montanha?
—É que eu não queria que soubessem o que eu fiz... sniff...

—Buááá! Desculpe! Pode descontar o conserto do relógio da minha mesada!
—Querido, estou muito triste com o que você fez. Mas vou pagar o conserto sem descontar de você.

—Hã? Mas vovô... você estava economizando para comprar o presente de aniversário da vovó!
—Sim... mas Jesus fez algo parecido por mim. Eu não merecia e mesmo assim Ele pagou a minha dívida. Querido, entenda que Jesus pagou a sua também.

—Você errou ao pegar meu relógio escondido. Aceito suas desculpas, mas mesmo assim, nada de brincar lá fora hoje!
—Você também errou quando deixou o Montanha parecer culpado. Não acha que precisa consertar a situação agora?
—Desculpe, Montanha! Se eu errar de novo, não vou mais jogar a culpa em ninguém. Jesus já pagou todas as nossas dívidas!